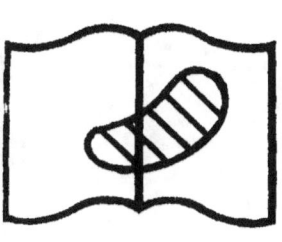

Visibilité partielle

Couverture inférieure manquante

Début d'une série de documents
en couleur

VALABLE POUR TOUT OU PARTIE DU
DOCUMENT REPRODUIT

COUVERTURE SUPERIEURE D'IMPRIMEUR

280

Fin d'une série de documents
en couleur

LE DÉVOUEMENT FILIAL

4e SÉRIE IN-8o.

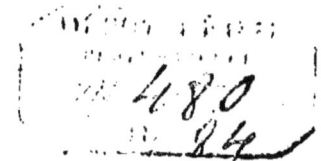

C'était une de ces villageoises franches et naïves.
(P. 43.)

J. N. BOUILLY

LE
DÉVOUEMENT FILIAL

OU

LA CHANTEUSE VOILÉE

ÉDITION REVUE.

LIMOGES
EUGÈNE ARDANT ET Cⁱᵉ, ÉDITEURS.

LA
CHANTEUSE VOILÉE

L'indigence se montrant sous mille formes différentes, produit, par cela même, diverses impressions sur les personnes les plus disposées à la soulager. Il y a dans l'accent du malheureux qui réclame assistance je ne sais quel pouvoir qui nous charme ou nous repousse. On ne peut nier toutefois que l'on cède souvent à des apparences trompeuses, et que la paresse, l'intrigue, la fourberie, reçoivent les offrandes que l'on croyait faire à l'honnête infortune. Mais cette erreur est involontaire pour celui qui donne, elle ne rend coupable que celui qui reçoit. Donnons donc toujours, tant que nos facultés nous le permettent ; et, si l'astuce et le vice même nous arrachent ce que nous destinions à la bonne foi, à la vertu malheureuse, sachons nous en consoler, en songeant qu'un excès de défiance nous empêcherait de bien placer nos dons. Il vaut mieux être dupe que de s'exposer à un repentir.

Monsieur Delmare, avocat célèbre à la cour royale de Paris, était venu quelque temps habiter la ville de Tours, afin d'y rétablir sa santé qu'avait altérée un excès de travail. Veuf et reportant toutes ses affections sur Eugénie, sa fille unique, à peine adolescente, il n'avait point voulu qu'elle eût d'autre instituteur que lui. Celle-ci, qui trouvait dans l'auteur de ses jours une grande instruction, une méthode d'enseigner que seul pouvait inspirer l'amour paternel, répondait aux soins empressés de son précieux guide et réunissait déjà les avantages d'une éducation distinguée. On n'avait pas l'esprit plus orné, l'imagination plus brillante, et en même temps une modestie, une candeur plus naturelle. Eugénie, habituée à ne jamais s'élever au-dessus des autres, faisait croire, au premier abord, qu'elle ne possédait que ce qui constitue une instruction ordinaire; mais bientôt, à travers le voile qui couvrait ses rares qualités, on remarquait un langage, une grâce et surtout un aplomb qui donnaient une juste idée de son mérite.

C'était à qui la recevrait dans les honorables familles de la ville de Tours : les mères la citaient pour modèle à leurs enfants. Il n'était aucune jeune personne qui ne désirât l'avoir pour amie ; mais Eugénie Delmare était si réservée, si prévoyante dans ses liaisons, qu'elle ne se livrait au charme que lui faisait éprouver telle ou telle demoiselle de son âge qu'après l'avoir étudiée et s'être assurée de son esprit et de son caractère.

Parmi celles qui lui semblaient dignes de son choix, elle distingue Berthe Marmont, fille d'un manufacturier de grosses draperies, employant dans ses ateliers plus de trois cents personnes, et faisant vivre, à lui seul, quatre-vingts ménages : profession qui contribue à l'aisance du peuple, à la prospérité d'une grande ville, et qu'on ne saurait trop honorer.

Bertho n'était jamais sortie de sa province : elle n'avait pas ce vernis d'éducation, cet assemblage de talents distingués qu'on admirait dans Eugénie ; mais, dirigée par une mère d'un grand mérite, la jeune Marmont se faisait remarquer par une gaieté vive et franche, par un naturel heureux, en un mot par tout ce qui devait faire un jour la femme aimable et la femme de bien. Ce qui charmait en elle, c'était une sensibilité vraie qui perçait à travers son aimable étourderie. Elle passait tout-à-coup de la conversation la plus folle au sérieux le plus imposant. S'amuser, et surtout amuser les autres, était son premier instinct, son occupation constante ; mais, s'il se présentait à ses regards un jeune infortuné, une mère mendiante, un militaire blessé, un pauvre vieillard infirme, elle vidait sa bourse et se dépouillait même d'une partie de ses vêtements pour en couvrir la timide indigence.

C'était ce noble élan du cœur, c'était cette inépuisable bonté qui inspiraient à Eugénie Delmare tant d'attachement pour sa jeune amie. Il ne se passait pas de jour qu'elle ne découvrît en elle des preuves de générosité : il n'était aucun des nombreux ouvriers de monsieur Marmont qui n'en éprouvât les effets. Eugénie était plus brillante, plus sensée; Berthe avait plus d'épanchement d'âme, et sans [y songer se conciliait tous les cœurs. L'une pouvait apprendre à l'autre comment on brille dans le monde ; celle-ci pouvait indiquer à son amie comment on se fait aimer et bénir.

Depuis quelques jours, Eugénie et Berthe avaient remarqué, en sortant du spectacle, une jeune personne qui se tenait auprès de la porte d'entrée, chantant plusieurs romances d'une expression pénétrante et s'accompagnant sur une guitare en forme de lyre. Un voile très-épais couvrait sa figure : son extérieur annonçait une honteuse indigence. Elle était accompagnée d'une vieille bonne, dont les traits semblaient être altérés par le chagrin, et qui, sans jamais rien demander, tenait à la main une mauvaise bourse de velours vert, où chacun pouvait déposer son offrande. Les deux jeunes amies avaient assisté plusieurs fois l'inconnue, dont on parlait beaucoup dans la ville. Sa voix expressive, le goût, l'admirable pureté de son chant, le charme de sa prononciation , une certaine dignité répandue dans toute sa personne, et la richesse remarquable de sa lyre, tout prêtait à mille présomptions, tout excitait la plus vive curiosité. Ce qui vint encore augmenter l'intérêt qu'inspirait la chanteuse voilée, c'est qu'on s'aperçut qu'elle était protégée par les officiers de police, qui semblaient lui témoigner quelque déférence.

On était au commencement de l'automne. Une dame, nommée de Saint-Péré, qui revenait de Bordeaux avec sa fille, descendit à Tours chez monsieur Delmare, pour y séjourner quelque temps. Le mari de cette dame était un agent de change près la Bourse de Paris; trompé dans ses spéculations, il avait fait une faillite de plusieurs millions et s'était enfui en Angleterre pour échapper aux poursuites de ses créanciers. Sa femme, vaine et brillante, était parente de monsieur Delmare, et celui-ci avait employé son talent et son crédit pour sauver l'ambitieux agent de change des condamnations encourues par une banqueroute frauduleuse.

Madame de Saint-Péré, tout en se disant ruinée, voyageait en poste avec sa fille Télésile, âgée de quatorze ans, un laquais et une femme de chambre. C'était une de ces élégantes du jour qui sacrifient tout au bonheur de paraître, et dont les dépenses excessives, le luxe insatiable, n'avaient pas peu contribué à la ruine de son mari. Fille d'un riche négociant de Bordeaux, elle venait de recueillir une succession considérable, qui, jointe à la dot de quatre cent mille francs qu'elle avait prélevée sur l'actif du bilan déposé par Saint-Péré, lui faisait un sort d'environ quarante mille livres de rente, tandis que plusieurs familles honorables, victimes des folles spéculations de l'agent de change, étaient passées d'une grande aisance à la plus cruelle misère. Ce fut donc à dessein d'éviter ces nombreuses victimes et pour se soustraire à des reproches mérités que la mère et la fille résolurent de parcourir les diverses capitales des départements de la France, et qu'elles projetèrent de s'arrêter quelques mois en Touraine, où l'automne offre à ceux qui l'habitent une douce température, des fruits abondants et délicieux une société choisie, et par conséquent de fréquentes occasions d'y briller.

Madame de Saint-Péré, qui avait pris le nom de madame de Saint-Marc jusqu'à ce que les affaires de son mari fussent arrangées, ne tarda pas à se faire remarquer dans la ville de Tours, dont les habitants sont empressés d'accueillir les étrangers avec cette aimable cordialité qui les distingue. Présentée par l'avocat Delmare dans les réunions les plus remarquables, elle y fut fêtée, honorée. On admirait en elle ce brillant assemblage d'une femme à la mode et ce grand usage du monde qui n'est souvent qu'un riche ornement sur un tissu léger. La jeune Télésile eut le même succès que sa mère, et l'on conçoit qu'au premier abord l'aimable Berthe en fut éblouie. Mais elle ne tarda pas à reconnaître que, sous ce clinquant de grâces, de parure, d'aisance dans le langage et les manières, et les mots heureux fidèlement recueillis, il n'y avait que de la vanité, un cœur vide, un égoïsme repoussant. Eugénie Delmare était forcée d'en faire l'aveu, et, bien qu'elle fût parente de la séduisante Télésile, elle lui préférait la naïve et franche provinciale, chez qui son âme aimante, expansive, trouvait l'aliment dont elle avait besoin.

Un soir, après la représentation de la *Dame Blanche*, qui avait été jouée à la satisfaction de nombreux spectateurs et que Télésile elle-même avait trouvée presque supportable, elle rencontre, ainsi que ses deux jeunes compagnes, la chanteuse voilée qui se tenait auprès de la porte du théâtre, toujours escortée de sa vieille bonne, et chantait, en s'accompagnant sur la lyre, une romance dont on remarquait ce refrain :

> On peut mendier sans rougir,
> Pour sauver les jours de sa mère.

La voix de la chanteuse, en proférant ces paroles, était si touchante, que Berthe et Eugénie déposèrent dans la bourse de la vieille tout l'argent qu'elles avaient. « Que vous êtes dupes, leur dit Télésile, de vous laisser toucher par cette inconnue! C'est une de ces mendiantes de profession, de ces intrigantes qui, à l'aide d'un modique talent qu'elles possèdent, séduisent les personnes assez crédules pour s'imaginer que, sous un voile épais, se cache la vertu malheureuse. On rencontre de ces créatures-là dans tous les coins des rues de Paris, et l'on n'y fait pas la moindre attention. — Pour moi, dit Berthe, je ne puis résister à ce dévouement de piété filiale, et j'ai dans l'idée que l'inconnue est une jeune personne bien élevée. — J'ai la même opinion, ajoute Eugénie : on n'a pas cette pureté d'élocution, cet accent irrésistible de l'honnête misère, en un mot, ce maintien noble et décent, sans avoir reçu de l'éducation. — Dites plutôt, ma chère, des leçons d'escroquerie : on ne se laisse plus prendre aux amorces de ces gens-là. — Mais enfin, répliqua Berthe avec chaleur, il n'est pas impossible que la jeune chanteuse ait une mère infirme, souffrante ; que cette mère soit dans un état d'indigence qu'elle voudrait cacher, et que sa fille, couverte d'un voile impénétrable, vienne mendier pour la secourir : à sa place, j'en ferais autant. Plus on s'humilie en pareil cas, plus on s'élève à ses propres yeux. — Voilà bien, répond Télésile d'un ton sardonique, voilà bien la crédulité de ces bonnes provinciales qui ne jugent que sur l'apparence ! Eh bien, moi je gagerais que, si l'on faisait suivre la chanteuse, on découvrirait qu'elle appartient à quelque charlatan, à quelque adroit jongleur qui l'a stylée de la sorte pour exciter la pitié publique dont il fait son profit. »

Cette digression fut interrompue par la séparation des trois jeunes personnes, qui regagnèrent, avec leurs parents, le lieu qu'elles habitaient. Berthe rêva toute la nuit à la jeune fille voilée qu'elle avait défendue avec tant de chaleur ; certaine voix secrète lui disait qu'en lui donnant tout ce que contenait sa bourse elle avait bien placé son argent. Eugénie s'applaudit également de ce qu'elle avait fait, et ne cessa de disputer avec Télésile sur la chanteuse inconnue.

Peu de jours après, les trois jeunes personnes se réunirent de nouveau à la salle où l'on jouait *Œdipe à Colone*. Le pieux dévouement d'*Antigone* toucha vivement Berthe et Eugénie, qui se disaient : « Pourquoi notre jeune protégée n'aurait-elle pas pour sa mère les soins et la tendresse que montre pour son malheureux père la fille du roi de Thèbes ? L'amour filial n'est-il pas de tous les rangs ? et le

pauvre, dans son humble cabane, reçoit-il
moins d'égards, de consolations de ses enfants,
que le monarque dans son palais? Il semble,
au contraire, que le lien sacré des familles se
resserre en comparaison des besoins qu'elles
éprouvent, des coups du sort qui les frappent.
Télésile riait de tous ces grands sentiments, de
toutes ces belles sentences de morale, et sou-
tenait avec opiniâtreté que l'inconnue, malgré
sa voix expressive et son élocution correcte,
n'était qu'une aventurière.

En sortant de la salle, elles trouvèrent
encore la chanteuse voilée, escortée de la
vieille, qui tenait à la main sa bourse de
velours, dans laquelle Eugénie déposa, de
moitié avec Berthe, une pièce de cinq francs :
c'était tout ce qui leur restait. Au moment où
la jeune personne faisait cette offrande, l'inconnue lui saisit la main qu'elle porte à ses
lèvres sous son voile et la mouille de larmes.
Eugénie tressaillit et ne put s'empêcher, à
son tour, de serrer la main de la chanteuse,
qui bientôt reprit sa romance chérie, et reçut
d'abondantes aumônes. Eugénie avoua la vive
émotion qu'elle venait d'éprouver, et fut,

ainsi que Berthe, plus que jamais convaincue que le voile de la chanteuse couvrait la figure d'une véritable Antigone. Nouvelles plaisanteries de Télésile : dispute vive de part et d'autre. Enfin l'on convint de mettre tout en œuvre pour connaître la vérité. Le vieux valet de chambre de M. Delmare fut chargé par son maître de suivre les traces de l'inconnue, de découvrir le lieu de sa retraite et de prendre sur son compte les renseignements qu'il pourrait se procurer.

Il découvrit que la chanteuse habitait, au fond d'une allée noire, dans le faubourg Saint-Étienne, une humble retraite composée de deux chambres : la première occupée par elle et son ancienne gouvernante, qui n'avait jamais voulu la quitter; la seconde, par une dame infirme et d'un grand âge, n'existant que dans un fauteuil à roulettes, d'où ses deux gardes-malades la reportaient sur son lit et la veillaient tour à tour. On avait ajouté à ces révélations que la jeune personne, à peine âgée de quinze ans et d'une figure charmante, ne sortait jamais qu'à la nuit; et que le temps qu'elle pouvait dérober aux soins assidus

qu'elle donnait à la vieille dame, elle le pas-
saita u travail de l'aiguille, et principalement
à raccommoder, a blanchir des dentelles avec
sa fidèle compagne, dont c'était l'ancien
métier; qu'enfin l'on ne connaissait dans le
quartier que la gouvernante, nommée madame
Bonnefonds, locataire en titre des deux chambres; et que, lorsque celle-ci accompagnait
la demoiselle voilée à la porte de la salle du
spectacle, une obligeante voisine restait
auprès de la vieille infirme.

Tous ces renseignements étaient de nature
à piquer la curiosité des trois jeunes personnes. Berthe et Eugénie témoignèrent à leurs
parents un si vif désir de connaître la chanteuse, qu'elles obtinrent la permission de la
suivre et de pénétrer dans sa retraite, pour
lui porter les secours dont elle aurait besoin.
M. Delmare s'offrit à les accompagner. Dès le
soir même, lorsque la chanteuse eut reçu les
offrandes de quelques spectateurs, elle fut
suivie de loin par le comité inquisiteur. Au
moment où elle frappait, escortée de sa gouvernante, à la porte d'une allée sombre, Eugénie,
avec l'expression d'une bienveillance empres-

sée, lui demanda la permission de lui parler.
La chanteuse, qui reconnut la jeune demoiselle dont peu de jours auparavant elle avait
baisé la main généreuse, l'introduit, avec les
personnes qui l'accompagnent, dans une première chambre au rez-de-chaussée, donnant
sur une petite cour, et dont l'ameublement est
composé du strict nécessaire aux besoins de
la vie. Mais cet intérieur est remarquable par
une extrême propreté autant que par l'ordre
qui règne jusque dans les moindres détails.
A peine M. Delmare et sa suite sont-ils intro-
duits, qu'une voix faible et gémissante, partant d'une seconde chambre dont la porte est
entr'ouverte, fait entendre ces paroles :
« Est-ce toi, ma Blanche, mon ange tutélaire ?
— Oui, bonne-maman, répond la chanteuse
relevant alors son voile. Excusez-moi, dit
Blanche aux trois jeunes demoiselles, mais il
faut avant tout que j'aille rendre compte à ma
grand'mère du résultat de la soirée. » Elle
passe à ces mots dans la seconde pièce et
laisse M. Delmare ainsi que les jeunes personnes avec la vieille madame Bonnefonds, à
qui ceux-ci font mille questions sur la chan-

teuse. Ils apprennent que, privée de son père et de sa mère dès l'âge le plus tendre, elle avait été élevée par son aïeule, veuve d'un officier de marine, et jouissant d'une honnête fortune ; mais que cette dame, ruinée dans un âge très-avancé, s'était retirée à Tours, auprès de son frère, ancien officier d'artillerie, ne possédant que sa pension de retraite ; qu'enfin ce frère étant mort depuis six mois, ces dames s'étaient trouvées dans un si grand dénûment, que la jeune demoiselle, animée d'un noble courage, et désirant, par son travail, rendre à son aïeule ce qu'elle en avait reçu dans son enfance, la secondait, elle et son ancienne gouvernante, dans les occupations les plus pénibles. « Mais nos veilles et nos travaux, ajoute madame Bonnefonds, ne pouvaient nous procurer que le nécessaire ; ma pauvre maîtresse, tombée en paralysie, exigeait des secours que nous n'étions pas en état de lui procurer : c'est ce qui a déterminé ma jeune élève à se servir du talent remarquable qu'elle possède, en allant, voilée et sous mon escorte, exciter la commisération des personnes sensibles à la voix du malheur. Son aïeule a

d'abord voulu s'y opposer, en lui disant que
c'était se confondre parmi ces aventurières
qui trompent la crédulité des passants; mais
rien ne pouvait intimider ce modèle de la
piété filiale : soupçons, mépris, cet ange a
tout bravé pour secourir sa grand'mère, qui
ne peut elle-même aujourd'hui s'empêcher
d'approuver le dévouement admirable de sa
petite-fille... Quant à moi, je ne les abandon-
nerai jamais. Si je fus heureuse auprès d'elles
tant qu'elles furent dans l'aisance, je dois les
aider à supporter l'infortune par tous les
moyens qui sont en mon pouvoir. »

Ce récit toucha vivement Eugénie et Berthe : elles se félicitaient d'avoir si bien deviné
la chanteuse et se disposaient à lui témoigner toute la considération qu'elle leur inspirait. Quant à Télésile, elle riait, mais sous
cape, de voir les deux jeunes amies s'abandonner ingénûment à l'intérêt qu'excitait sur
leurs âmes la vieille gouvernante. Elle ne put
s'empêcher de les prendre à part pendant que
cette dernière continuait à causer avec
M. Delmare, et leur dit avec ce sourire amer
de l'égoïsme et de l'incrédulité : « La bonne

fait bien son métier; elle récite on ne peut mieux sa leçon. Je gagerais que la soi-disant paralytique n'est qu'une autre vieille commère chargée... » Comme elle achevait ces mots, la porte de la seconde chambre s'ouvre, et tout-à-coup paraît, dans un fauteuil à roulettes que Blanche pousse par derrière, une dame dont la figure est sillonnée par l'âge et le malheur. Son regard est encore d'une expression remarquable, et dans toute sa personne on découvre un reste de dignité. « Ciel! que vois-je? s'écrie Télésile, la reconnaissant, je ne me trompe point, c'est madame de Montigny, c'est la tante de mon père! » A ces mots, elle pâlit; une extrême confusion se peint sur tous ses traits, elle baisse les yeux et, s'inclinant avec respect, elle garde un morne silence. « Quoi! c'est là votre grand'-tante! lui dit Eugénie; oh! quelle doit être votre souffrance! — Vous vous imaginiez, ajoute Berthe, que cette dame était une fausse paralytique... Oh! quelle doit être votre confusion! — Il se peut, dit à son tour Blanche, portant sur Télésile le regard le plus touchant, il se peut que ce soit là ma jeune cousine,

avec laquelle j'ai tant joué dans mon enfance!
L'opulence nous avait séparées dès longtemps,
serait-ce donc la misère qui nous réunirait ! —
La misère ! s'écrie à son tour M. Delmare avec
l'accent du repentir; non, non, la mère de
votre cousine, l'épouse de votre oncle, nage
dans l'opulence, tandis que sa nièce est réduite à
mendier pour sa vénérable aïeule... Oh ! que
j'ai de reproches à me faire ! C'est moi qui,
par mes conseils et des amis puissants, ai
sauvé Saint-Péré de l'abîme où son aveugle
ambition l'avait précipité ; c'est moi qui, pro-
fitant du texte de la loi, ai conservé à sa femme
une dot dont le prélèvement a causé la perte
de ses créanciers. Cette femme vaine et brillante étale, sous un nom emprunté, le faste
de la fortune, et la mère adoptive de son mari,
celle qui le cautionna pour acquérir sa charge,
languit sur le grabat de l'indigence !... Tom-
bez à ses pieds, incrédule Télésilo; faites
amende honorable à votre bienfaitrice qu'à
ruinée votre père ! Reconnaissez, dans cette
vertueuse Blanche que vous accabliez de
soupçons insultants, votre plus proche parente,
l'amie de votre enfance! empressez-vous de

réparer vos torts envers ces deux victimes !...
et, lorsque sur votre passage vous entendrez
le cri de la misère implorant votre pitié... ah !
souvenez-vous bien de la chanteuse voilée. »

———

L'INSTITUTRICE

———

Après avoir prouvé ce que nous devons à
nos parents, dans quelque classe que le sort
les ait placés, et quelle que soit la distance
qu'il plaise au hasard d'établir entre eux et
nous, essayons, par un exemple également pris
dans la société, d'indiquer les droits qu'ont
les personnes qui se consacrent par goût,
autant que par devoir, à orner notre esprit, à
former notre cœur. Si nous entourons de nos
respects et de notre amour ceux qui nous ont
donné la vie, nous devons attachement sans
bornes et reconnaissance éternelle à ceux de
qui nous tenons ce qu'après la vie nous avons
de plus précieux : je veux dire l'instruction,

l'élévation de l'âme, les talents qui doublent
l'éclat de l'opulence, ou deviennent une res
source dans l'infortune; en un mot, cette
existence morale, trésor de tous les temps,
patrimoine indestructible, source inappréciable de nos pensées, de nos actions et de la
dignité de notre être.

Alphonsine, fille et unique héritière du
baron de Montcontour, ancien intendant géné-
ral des armées, avait été habituée dès son
enfance à l'orgueil du rang, à la morgue ridicule des parvenus. Son père, né dans une
classe obscure, et dont le nom de famille était
Frémont, avait servi, bien jeune encore,
dans l'administration des convois militaires.
Son zèle, son intelligence et cette rapidité
d'exécution dans les ordres qu'il recevait, l'a-
vaient fait distinguer de ses chefs et monter
au premier grade.

Après s'être signalé par d'éclatants services, il avait eu l'honneur de sauver une partie
de nos troupes dans une retraite mémorable;
et, pour cette grande opération, non-seule-
ment il avait employé tous les capitaux dont
il était dépositaire, mais il avait encore sacri-

2

fié ceux qui lui appartenaient particulière-
ment. Ce dévouement civique lui avait mérité
le titre de baron, qu'il assigna sur la terre de
Montcontour, dont il était devenu propriétaire, et lui valut la reconnaissance de l'armé
et la considération publique.

Henri Frémont, devenu baron de Montcontour, avait épousé une riche héritière d'Alle-
magne, à l'époque où nous y portions nos
armes victorieuses. Cette dame, entichée de
sa naissance, et se prétendant issue d'une
ancienne famille de l'Helvétie, ne le cédait
en rien à son digne époux en fait de vanité.
Elle ne faisait cas, dans le monde, que des
personnes titrées; on ne pouvait, en quelque
sorte, avoir accès chez elle qu'en tenant à la
main sa généalogie. Comme cette ridicule
manie était soutenue d'une grande fortune, la
plupart des habitants de la ville de Tours la
supportaient en silence; mais il se trouvait en
même temps un grand nombre de personnes
indépendantes par caractère et par position
sociale qui la critiquaient et ne pouvaient la
supporter. On remontait à l'origine d'Henri
Frémont, et le baron de Montcontour n'était

plus classé, par l'ancienne noblesse du pays, que parmi les parvenus.

On conçoit que la jeune Alphonsine, s'imaginant que la baronnie de son père remontait aux temps les plus reculés, partageait la morgue de ses parents. Elle venait d'atteindre sa douzième année. Elle n'avait été jusque-là dirigée dans son éducation que par sa mère, qui n'y entendait rien, et par son père, qui, hors de l'administration militaire, n'avait que l'esprit et le bon sens nécessaires pour régir sa fortune et bien tenir sa maison. Alphonsine eut donc besoin d'un guide, d'une institutrice, et, parmi les personnes de mérite proposées à la baronne de Montcontour, celle-ci choisit une demoiselle Maigret, qui, privée de ses parents, que les troubles politiques avaient forcés de s'expatrier, était revenue en France et cherchait à faire un noble usage de ses talents. Acceptant les offres du père et de la mère d'Alphonsine, elle se chargea de diriger leur fille, dont les dispositions intellectuelles égalaient la vive expression de la figure.

Mademoiselle Maigret était une de ces petites femmes chez qui la nature semble avoir

voulu renfermer, dans peu d'espace, tout ce
que l'âme a de grand, de généreux, tout ce
que la pensée a de plus brillant, de plus carac-
térisé. Il n'était aucun genre de littérature
qui ne lui fût familier, aucune science qu'elle
n'eût approfondie ; mais elle cachait son mérite sous une modestie si vraie, que les sots
eux-mêmes ne s'apercevaient pas de sa supé-
riorité. Bonne, expansive, ne calculant que le
bonheur des autres, et ne s'occupant jamais
du sien, elle consacrait au plaisir d'obliger et
d'instruire tout le temps qu'elle pouvait dérô-
ber à l'étude. Timide en public et silencieuse,
mais observant tous les mouvements du cœur
humain, elle était, dans la conversation privée, d'une communication ravissante, d'un
entraînement irrésistible. Elle commandait
l'attention par son savoir ; elle attirait, atta-
chait par le charme de son esprit et la force
de sa raison.

D'après ce portrait fidèle, on ne sera pas
surpris de tout le plaisir qu'éprouva d'abord
Alphonsine de se trouver sous l'égide tutélaire
d'une semblable institutrice. Elle fit en peu
de temps de rapides progrès. Ils furent si

remarquables, que le baron ne cessait d'exprimer à mademoiselle Maigret toute sa satisfaction, toute sa gratitude. Il voulut même doubler ses honoraires; mais celle-ci refusa toute augmentation du prix convenu, et se contenta de la pension de retraite qui lui était assurée, lorsque son élève aurait pris dans le monde le rang que devait lui donner un mariage déjà projeté.

La baronne exprimait aussi, quoique avec moins d'épanchement, toute sa satisfaction du mérite et des soins de l'institutrice, qu'elle appelait avec emphase : la gouvernante de ma fille. Même il lui arrivait quelquefois de la confondre avec les gens attachés à son service.

Un jour qu'elle avait été forcée d'écrire une lettre de recommandation à une personne d'un haut rang et d'un mérite reconnu, elle charge mademoiselle Maigret de corriger les fautes d'orthographe qui lui étaient échappées. L'institutrice, empressée de complaire à la mère de son élève et de coopérer à rendre un service important, parcourt l'écrit et le trouve tellement surchargé d'entorses à la grammaire, qu'elle se voit forcée de recopier en entier. Cette complaisance ravit la baronne, qui, signant seulement au bas de sa lettre, paraissait avoir un secrétaire. Mais, dès le lendemain, la baronne écrivit un simple billet à le comtesse D... pour lui demander une place dans sa loge au spectacle : et, prenant l'obligeance pour le devoir, elle charge de nouveau l'institutrice de nettoyer sa missive. Mademoiselle Maigret, prévoyant la fastidieuse occupation qui, chaque jour, l'accablerait, se borne à corriger une trentaine de fautes de style et d'orthographe que contenaient les six à sept lignes dont se composait le billet, et le remet à la baronne. Celle-ci sentit son indiscrétion, mais fut en secret blessée de ce qu'une simple gouvernante refusât de copier ses lettres.

A partir de cette époque, la baronne de Montcontour n'eut plus les mêmes égards pour l'institutrice, et, comme rien ne choque autant les sots orgueilleux que la noble fierté qu'on leur montre, mademoiselle Maigret fut en butte à certaines petites persécutions qu'elle sut éluder avec adresse. La conduite de la mère influait naturellement sur celle de sa fille, qui se relâcha, par degrés, de ce tendre attachement et de cette haute estime qu'elle portait à son guide chéri. Elle fut d'abord moins docile à ses avis, moins appliquée à ses leçons, et perdit bientôt ce qu'elle avait acquis, cette facilité d'élocution, ce choix de mots heureux qui la faisaient distinguer dans les cercles qu'elle fréquentait, et dont son père était si fier. Il s'en plaignit à mademoiselle Maigret, qui répondit qu'elle ne pouvait offrir que son temps et son zèle, mais qu'il n'était pas en son pouvoir de forcer l'application et de commander la confiance.

Alphonsine, pour la première fois, reçut de vives réprimandes du baron; et, bien que son institutrice n'eût révélé que pour sa justification à M. de Montcontour le changement étrange qui s'opérait dans sa fille et la négligence qu'elle apportait dans ses études, celle-ci conçut pour mademoiselle Maigret un ressentiment dont chaque jour elle lui fit éprouver les effets. D'abord aux douces expressions de « Ma bonne amie, mon guide chéri, mon ange tutélaire, » avait succédé la dénomina-

tion de « Mademoiselle. » Puis aux baisers
d'affection que jusqu'alors l'institutrice recevait le matin et le soir de sa chère élève, on
avait substitué la révérence la plus roide et la
plus dédaigneuse. Enfin, l'on finit par fatiguer
la patience et la bonté de la meilleure des
femmes en feignant de ne plus comprendre ce
qu'elle expliquait toujours avec autant d'ordre que de clarté; et, par ce moyen cruel, on
l'obligeait à recommencer, ce qu'elle faisait
avec une patience inépuisable.

« Il faut avouer, disait alors Alphonsine
avec humeur, que cette langue française est
bien difficile, bien ennuyeuse... Je ne con-
nais rien de plus assommant que votre histoire ancienne, que votre histoire romaine;
rien de plus insupportable que cette géogra-
phie, qui me retrace des déserts, des régions
lointaines où jamais je ne mettrai le pied;
que cette mythologie, qui surcharge ma mémoire de noms fabuleux et de faits menson-
gers qui ne peuvent m'intéresser... Tout cet
échafaudage de science est bon pour vous
autres, pour les personnes qui sont forcées
d'en faire leur état; mais, quand on possède

un rang, de la fortune, l'instruction doit se
borner à savoir lire, écrire et posséder quelques talents d'agrément qui fassent briller
dans le monde.

— Mais, ma chère Alphonsine, lui répliqua
l'institutrice avec une douceur mêlée d'une
certaine dignité, ce rang, cette opulence dont
vous parlez, ne nous mettent pas toujours à
l'abri des coups du sort. On a vu les personnes de la plus haute naissance gémir dans
l'exil, et, fatiguées d'implorer des secours des
étrangers, être en butte aux plus dures priva-
tions, quelquefois même aux souffrances de la
misère. Quant à la fortune, elle se dissipe
souvent bien plus vite qu'elle ne s'acquiert;
le bandeau qui lui couvre les yeux la rend si
bizarre dans ses dons, si cruelle dans ses
rigueurs! Ce qu'elle donne d'une main, tout-
à-coup elle le retire de l'autre. Nous ne sau-
rions donc nous mettre trop à l'abri de ces
revers affreux, qui nous atteignent au sein de
la plus heureuse sécurité, de ces désastres
imprévus dont chaque jour nous voyons tant
d'exemples, et qui frappent surtout le rang et
l'opulence dont vous êtes si fière... Préparons-

nous donc sans cesse à trouver en nous-mêmes un refuge contre les dangers dont nous marchons environnés! Acquérons dans la prospérité l'instruction qui donne à notre âme la force de surmonter nos revers, et surtout l'habitude du travail, dont les produits incalculables nous amènent toujours à un meilleur sort.

J'en suis la preuve convaincante. Privée de mes parents, orpheline sur une terre étrangère, j'ai trouvé dans l'éducation que j'avais reçue l'avantage inappréciable de n'être à charge à personne, les moyens de rentrer dans ma chère patrie, de me suffire à moi-même et de conserver toute ma dignité.

Ce langage, à la fois plein de charmes et de vérité, domptait pour quelque temps la jeune orgueilleuse et la faisait réfléchir sur elle-même. Alors elle écoutait son institutrice avec une espèce de docilité; mais bientôt son excessive vanité lui faisait mesurer la distance qu'elle s'imaginait exister entre elles deux, et soudain elle reprenait son indolence, le dégoût du travail, et surtout ses dédains, qui, chaque jour, devenaient plus insupportables. Ils

furent portés à un tel point, que l'institutrice
résolut d'employer le seul moyen qui lui restait pour corriger cette jeune présomptueuse,
en lui révélant quelle était cette modeste personne que, dans ses vaines illusions, elle semblait confondre avec les domestiques du château de Montcontour.

Un soir qu'elles se promenaient sur la terrasse de ce castel antique, bâti sur la rive droite
de la Loire, au sommet de rochers escarpés,
d'où l'on découvre la ville d'Amboise, mademoiselle Maigret portait ses regards sur cet
ancien séjour de nos rois : un soupir involontaire s'exhale de sa poitrine, Alphousine lui
en demande la cause, moins par intérêt que
par curiosité. « C'est là que reposent mes ancêtres, répond l'institutrice : le moyen de ne
pas jeter un regard filial sur leurs tombeaux!
— Vos ancêtres, mademoiselle Maigret?...
vous voulez dire vos parents... Ils habitaient donc cette petite ville? — Mon trisaïeul
en fut gouverneur sous Louis XIV, peu après
la conquête de la Flandre. — Gouverneur!
dites-vous... est-ce qu'il était gentilhomme?
— C'était le comte Maigret de Vausan, qui se

couvrit de gloire au siége de Tournai, sous les
yeux du roi : il en reçut pour récompense le
gouvernement du château d'Amboise. Mon
bisaïeul lui succéda ; mais mon grand'père,
qui préférait le séjour de la cour, fut nommé
par Louis XV lieutenant dans les gardes. Ce
fut à cette époque, je crois, qu'il épousa la fille
unique du propriétaire de ce château. — Vous
connaissiez donc Montcontour avant d'y être
venue auprès de moi ?— J'y suis née; j'y ai
passé les dix premières années de ma vie, les
plus heureuses que le ciel m'ait accordées...
Votre grand'père l'habitait aussi... je crois le
voir encore... — Mon grand'père ! Et qu'était-
il donc ? — Le valet de chambre du mien,
Mademoiselle... Il se nommait Frémont, beau
vieillard et le meilleur des hommes... Il m'a
bien souvent portée dans ses bras, en escor-
tant mon excellente mère sur cette même
terrasse. Il était loin de se douter alors que
son fils Henri deviendrait propriétaire du château de Montcontour... et que moi-même je
serais un jour la gouvernante de sa petite-fille
Tel est l'effet des troubles politiques : ils agi
tent tellement la roue de la fortune, que ceux

qui s'y trouvent honorablement placés sont renversés sous ses rayons, tandis que d'autres... Mais je n'en murmure point. Henri Frémont, votre père, a vaillamment servi son pays : il a sauvé lui seul plus de vingt mille guerriers français ; il méritait ses titres, son opulence.

» J'avouerai même que j'éprouve une espèce de consolation à voir le domaine de ma famille dans les mains d'un honnête homme et d'un brave... Et je n'aurais rien à regretter au monde si ma chère élève, réfléchissant sur les révélations que je viens de lui faire, reconnaissait avec moi que le premier des biens et le plus sûr trésor qu'on possède sur la terre, ce sont les qualités du cœur, les avantages de l'instruction... C'est dans ce moment surtout que j'en fais l'expérience, puisqu'ils me procurent la secrète jouissance de me retrouver au lieu qui me vit naître, sous un titre dont je m'honore, et d'y former un jeune cœur qui répondra, j'en suis sûre, aux veilles que je lui consacre, aux soins que je lui promets, à l'inaltérable intérêt que lui voue son heureuse institutrice. »

Comment peindre ce qu'éprouve la fière Alphonsine pendant ces révélations historiques et ces épanchements de l'âme la plus noble, de l'esprit le plus délicat ? Comment décrire cet abattement de l'orgueil humilié, ces yeux baissés vers la terre, cette immobilité produite par la confusion, par les regrets d'avoir outragé la demoiselle dont l'origine était bien au-dessus de celle du baron de Montcontour ? « Quoi ! dit Alphonsine en portant sur l'institutrice un regard plein de respect et d'admiration, quoi ! mon aïeul était le valet de chambre du vôtre ! Et vous avez pu, sans murmurer, supporter les dédains de la fille d'un de vos anciens serviteurs ! Et j'ai pu, moi, tant la vanité nous aveugle, j'ai pu méconnaître cette grandeur d'âme, cette résignation sublime !... Ah ! pardonnez à une insensée qui jamais n'eut plus grand besoin de vous, et voyez à vos pieds cette jeune orgueilleuse... Venez dans mes bras, venez sur mon cœur ! s'écrie l'institutrice en la relevant. Oui, je me voue à votre instruction, à votre bonheur... Mais c'est à condition que vous accorderez votre respect, non à ma naissance, mais aux fonctions que je remplis auprès de vous... C'est à condition surtout que vous tairez à vos parents la révélation que j'ai été forcée de vous faire. Votre mère, en apprenant que je suis née au moins son égale, perdrait le droit qu'elle croit avoir de me commander, et bientôt peut-être nous serions séparées. Le baron, votre père, instruit que je suis la fille de ses anciens maîtres, éprouverait une humiliation qui lui rendrait ma présence insupportable... Laissez-moi sous le voile qui me couvre à leurs yeux : s'il m'attire quelques dédains passagers, un seul mot de vous, un regard, un serrement de main, me les feront oublier. J'ai porté dans votre âme une première idée de ce qu'on se doit à soi-même; souffrez que j'achève mon ouvrage ! Soyez la fille adoptive de mon cœur, et je me consolerai de ce que j'ai perdu sur la scène du monde en voyant chaque jour tout ce que vous y gagnerez »

La prédiction de l'institutrice se réalisa : son élève devint une femme accomplie. L'exemple qu'elle avait sans cesse devant elle l'habitua par degrés à cette noble résignation, à ce refuge en soi-même, seul asile d'une âme élevée et courageuse. Alphonsine garda le plus grand silence sur la naissance de mademoiselle de Vausan, que son attachement et sa vénération pour elle firent estimer de ses parents et respecter de tous les gens du château.

L'époque de l'union projetée par le baron de Moncontour arriva. Sa fille, l'une des plus riches héritières de la Touraine, épousa le fils aîné d'un pair de France et devint marquise. Ce ne fut que la veille de ce brillant mariage, en signant le contrat de mariage de sa chère Alphonsine, que la bonne et modeste mademoiselle Maigret se fit connaître pour la fille du comte de Vausan, dernier rejeton d'une illustre famille. Le baron de Moncontour, se reportant dans ce moment à sa première origine, rougit, et fut contraint de saluer l'honorable personne à qui, plus d'une fois, il avait fait essuyer ses hauteurs, ses brusqueries. La baronne ne comprenait rien à la respectueuse soumission de son mari; mais Alphonsine, désignant la noble fille du comte de Vausan comme sa bienfaitrice, comme sa seconde mère, prouva que l'art d'instruire est

celui qui donne le plus de droits à la reconnaissance, et que, parmi les femmes, même
d'un rang élevé, il en est qui se font gloire de
réunir les talents et de remplir les devoirs
d'une institutrice.

LA MARRAINE

C'est s'avilir soi-même, c'est outrager à la
fois la nature et la société, que de traiter avec
mépris ceux qui nous appartiennent par les
liens sacrés du sang. Nous devons les chérir
et les honorer, soit que la fortune les ait
moins favorisés que nous, soit que, plus sages
et plus heureux peut-être, ils aient conservé
l'obscurité de leur origine et la simplicité de
leurs mœurs, tandis que nous sommes parvenus à un rang que nous payons quelquefois
du repos et du bonheur de la vie. Pourvu que
la source de notre être soit pure, qu'importe

que le sort nous élève ou nous abaisse!
N'oublions jamais d'où nous sommes sortis!
c'est une consolation dans les revers; c'est
une leçon dans la prospérité.

Marcel Crépin était le fils d'honnêtes cultivateurs de l'île de Bréhémont, l'un des cantons
les plus fertiles de la Touraine. Son père, simple fermier, après l'avoir fait instruire par le
curé de son village, l'avait mis au collége de
Tours, où il s'était distingué par son intelligence et son aptitude au travail. Dès son enfance, Marcel Crépin, gâté par ses parents,
avait montré le désir de s'élever au-dessus
d'eux : il ne laissait échapper aucune occasion de capter la bienveillance de ses maîtres
et de gagner l'attachement de ses camarades.
Il se lia très-étroitement avec le fils d'un banquier de Paris, qui possédait une terre considérable dans les environs de Langeais; et
souvent il allait y passer le temps des vacan-
ces, qu'il employait à se rendre utile, et surtout à se faire aimer. Ce fut au point que, ses
études terminées, il fut amené dans la capitale
par le père de son ami, en qualité de petit
commis. Peu à peu il parvint à diriger la

maison de banque, et bientôt il fit des affaires de Bourse pour son propre compte. Tout lui réussit : son intelligence et son activité le mirent à même d'acheter une charge d'agent de change.

Il allait quelquefois en Touraine visiter l'humble toit qui l'avait vu naître. Privé de son père et de sa mère, il ne lui restait qu'une sœur, nommée Denise, et son aînée de six ans. C'était une de ces villageoises franches et naïves qui, comme dit le vulgaire, ont la vérité sur la bouche et le cœur sur la main. Denise, malgré les sollicitations de son frère, n'avait jamais voulu quitter son paisible manoir et ses champs fertiles, pour suivre Marcel à Paris et tenir sa maison. Quoique d'une figure agréable et d'une rare intelligence, il lui répugnait de devenir tout-à-coup une madame, dont elle ne pourrait saisir le langage et les manières, bien que son frère lui assurât que cela s'apprenait aisément dans Paris. Habituée aux travaux de l'agriculture, bonne, active, et d'un caractère prononcé, elle avait épousé Martin Le Rond, l'un des meilleurs cultivateurs du canton, et celui-ci l'avait

laissée veuve et sans enfants, au bout de sept
années de l'union la plus parfaite, et légataire
de tous ses biens. Elle se trouvait, par ce
moyen, dans une très-grande aisance. Ainsi,
tandis que Marcel prospérait à Paris, tout con-
tribuait à placer Denise au nombre des plus
riches propriétaires de Bréhémont.

Soit attachement et respect pour la mémoire
de son mari, soit crainte de se donner un
maître, Denise avait refusé les partis les plus
avantageux, et s'était vouée au veuvage pour
le reste de ses jours.

Marcel, dont le crédit n'avait fait qu'augmenter chaque jour dans la capitale, con-
tracta une union analogue à l'ambition qui le
tourmentait. Il épousa la fille d'un fournisseur
des armées, qui lui apportait six cent mille
francs de dot, et par conséquent l'amour du
luxe et le goût de la dépense. Denise Crépin,
veuve Le Rond, avait été sommée par son
père d'assister à son mariage : elle y parut
sous son costume de fermière, et ravit tous
les invités par sa gaieté naïve, ses mots heureux, et cette verve de naturel et d'indé-
pendance qui la rendaient si piquante et si

remarquable au milieu des beautés musquées, et prétentieuses dont elle était environnée. Ce qui la surprenait et l'affligeait en secret, c'était d'entendre tout le monde appeler son frère, Marcel Crépin, M. de la Crépinière. Elle ne pouvait concevoir comment on osait changer le nom de ses pères, quand on était né d'honnêtes gens ; mais l'agent de change lui fit entendre qu'il était, pour réussir dans le monde, des précautions et des convenances indispensables. Denise Le Rond promit donc de ne point contrarier son frère, qu'elle aimait beaucoup, et se contenta de l'appeler simplement Marcel, nom qu'elle avait l'habitude de lui donner dès son enfance.

Ces noces brillantes étant terminées, Denise Le Rond quitta les nouveaux époux et regagna son habitation champêtre, où elle se trouvait plus à son aise et plus heureuse que dans les cercles éblouissants de la finance. Il lui semblait qu'elle venait de voir un feu d'artifice ou qu'elle avait fait un beau rêve. Quand elle comparait ce petit Marcel, qu'elle avait porté tant de fois sur ses bras et bercé sur ses genoux, avec ce gros M. de la Crépinière, qui l'avait pourtant reçue avec cordialité, elle ne pouvait s'empêcher de rire de la vanité des opulents du jour et des sottises que souvent elle leur fait faire.

Bientôt elle apprit que madame de la Crépinière, sa belle-sœur, venait de mettre au monde une fille ; et comme la plus proche parente du côté paternel, elle fut choisie pour être marraine de l'enfant. Denise Le Rond quitte donc encore sa vaste et riche cour de ferme, non sans un grand battement de cœur, monte en diligence, et descend à l'hôtel de M. de la Crépinière. Elle serre dans ses bras son cher Marcel, qu'elle couvre d'une douzaine de baisers, en reçoit un accueil assez cordial, mais un peu gêné. Soudain elle pénètre auprès de la nouvelle accouchée, qu'elle embrasse à plusieurs reprises, en l'appelant mon chou, ma p'tite femme, ma p'tite mère... ce qui fait faire à la belle dame une mine assez dédaigneuse, qui n'échappe point à la clairvoyante villageoise. « Ah çà ! lui dit celle-ci, avec son épanchement naturel, qu'est-ce que vous me donnez donc pour mon compère ? si c'est un d' vos olibrius qui s' croyont compromis au-

près d'une paysanne, queuqu'honnête femme
quelle soit, j' vous préviens qu' je le r'lev'-
rons ferme et que j' rirons à ses dépens. Mais,
si c'était un d' ces braves gens qui faisont cas
des agriculteurs, et n' craignont pas qu' not'
serrement d' main leux écorchiont la peau, i
trouv'rait dans sa commère la monnaie d' sa
pièce. Quant à c' qu'est d' vous, p'tite femme,
j' vous offrons pour cadeau c't' écuelle d'argent que feu mon père gagna jadis au prix de
not' village. Il y but encore la veile d' sa mort,
l' pauvre cher homme, et j' désirons qu' sa
bru puisse y boire à chaque enfant qu'all'
nous donn'ra; car c'est à vous, ma p'tite mère,
qu'il appartient d' perpétuer la famille : elle
en vaut ben la peine. Mais, comme je n' con-
naissons pas l' zusages des grandes dames, et
qu' j'ignorons tout-à-fait c' qui pourrait vous
flatter l' plus, j'ons mis au fond d' l'écuelle un
rouleau d' cinquante louis, pour vous acheter
des brimborions qui pourront vous plaire. Excusez-moi, chère sœur, si je n' savons pas
orner d' belles paroles not' offrande; mais, à
défaut d' nous exprimer comm' je l' voudrions,
j' sentons ni pus ni moins qu' vous autres;

vous d'vez ben l' voir à l'émotion qu' j'éprouve
en vous serrant dans mes bras. »

Cet épanchement de la nature, ce mélange
attrayant de brusquerie et de bonté, touchè-
rent la belle dame de la Crépinière, au point
qu'elle rendit à Denise Le Rond un de ses
baisers, avec une affection qui mouilla les
yeux de cette excellente femme. Entre, en ce
moment, le compère qui lui était destiné.
C'était le frère de l'accouchée, un élégant du
jour, portant le costume le plus recherché, et
surchargé des mille futilités que la mode invente dans ses caprices éphémères. Prévenu
de la marraine dont il allait être le chevalier,
il s'imaginait s'en amuser : mais bientôt il fut
désarmé par ces coups droits qui partent du
cœur, et démontent le plaisant le plus intré-
pide. Il fallut que celui-ci se restreignît à une
politesse vraie, pour échapper aux brocards
dont il était accablé. Reprenant donc son
sérieux, il fait signe à un domestique de s'a-
vancer et de présenter à sa commère le présent d'usage. C'était une ample corbeille de
taffetas rose, brodée en fleurs avec un chiffre
de paillettes d'argent. Denise Le Rond l'ouvre

avec empressement, et s'imagine qu'elle renferme un riche présent, que d'avance la digne femme se propose de remettre à sa belle-sœur ; mais quelle est sa surprise de n'y trouver qu'un bouquet de fleurs artificielles, un éventail en bois de sandal, et une douzaine de paires de gants !... « Tiens ! se dit Denise à elle-même, le d'sus vaut mieux que l' dedans : c'est tout l' contraire d' chez nous. » Elle met le bouquet de fleurs à son côté, passe l'éventail dans la ceinture de son tablier de soie gorge de pigeon, et veut mettre une paire de gants qu'elle crève du premier coup ; elle en essaye une seconde : à peine peut-elle y passer le bout de ses doigts. « Ah dites-donc, compère, est-ce pour des mains de poupée qu' vous avez choisi ça ? Fallait m' prendre des gants d'homme, mon homme : encore n'auriont-i-z été qu' tout juste. Heureusement j'ons là mes mitaines d' fil blanc. » Elle les met à ces mots, prend le bras du parrain, et, suivie de son frère, de la sage-femme et de la nourrice, elle arrive à l'église, où se fait le baptême avec toute la pompe usitée chez les gens riche et d'une haute distinc-

tion. Mais Denise n'est occupée que des desti-
nées de l'enfant pour lequel on l'entend in-
voquer les bénédictions du ciel avec une fer-
veur touchante, promettant à Dieu de servir
de mère à sa filleule, si jamais elle en avait
besoin. Ce qui la ravit le plus, dans cette cé-
rémonie, c'est que sur les registres de l'état
civil, la petite fille fut inscrite sous les noms
de Marceline-Denise-Paméla Crépin. « Allons,
allons, se dit alors la marraine, dès qu' Marcel n'a pas oublié son vrai nom, laissons-le s'
gouverner tout à son aise sous celui d' monsieur d' la Crépinière, et figurer dans l' monde
comme un homme d' naissance, puisqu'i faut
ça pour jeter d' la poudre aux yeux. »

Quelque plaisantes que furent d'abord les
ingénités de la bonne villageoise, elle ne
tarda pas à s'apercevoir qu'elles blessaient la
vanité de certaines gens. Son frère lui fit, à
ce sujet, plusieurs observations qui firent sen-
tir à Denise Le Rond que le fastueux agent
de change commençait à souffrir de la présence de sa sœur. Elle eut surtout la conviction
que madame de la Crépinière aspirait à son
départ. Elle en hâta donc le moment; et pré-

textant des occupations importantes qui l'attendaient dans le Bréhémont, elle y retourna, récapitulant toutes les extravagances que produit l'amour du luxe, et priant Dieu que son cher Marcel n'en fût jamais la victime.

Ses vœux parurent être exaucés : M. de la Crépinière devint une des grosses têtes de la Bourse de Paris. Bientôt il vendit sa charge d'agent de change près d'un million, et fit la banque; ce qui le mit en relation avec les principales places de l'Europe, les grands seigneurs et les plus riches capitalistes. Son hôtel devint un palais et fut monté sur un ton analogue à sa nouvelle existence; madame de la Crepinière eut ses gens et sa voiture; de dépit de n'avoir point de livrée, elle galonna tous ses domestiques. Chaque semaine elle donnait un dîner de trente couverts, où elle réunissait les plus riches banquiers et les grands seigneurs. Bientôt elle mit au monde une seconde fille, qu'on nomma Léonie, dont l'intelligence, qui se développait chaque jour comme par miracle, annonçait qu'elle serait une femme aussi distinguée par les avantages de l'esprit que par les dons de la nature.

On avait instruit Denise Le Rond qu'elle avait une seconde nièce; mais la lettre que son frère lui fit écrire à cette occasion par son secrétaire ne renfermait aucune invitation de venir partager la joie de la famille. Elle crut même y remarquer une certaine retenue, pour ne pas dire une espèce de froideur, qui semblait l'avertir qu'on n'avait fait que remplir envers elle un devoir indispensable. Son excellent cœur en souffrit; mais elle ne fut pas fâchée d'être exempte d'un voyage qui peut-être l'eût exposée à de nouvelles humiliations.

Plusieurs années s'écoulèrent : Denise Le Rond avait alors quarante-six ans; sa filleule en comptait dix, elle ne lui sortait pas de l'idée. Tous ses gains, toutes ses économies, étaient destinés à doter un jour sa petite Denise, qu'on disait si charmante, si bien élevée, et qui déjà lui avait écrit deux jolies lettres qu'elle relisait chaque jour, et qu'elle portait sur elle pour les faire admirer à ses voisins. La jeune Léonie aurait aussi quelque part dans sa succession, qui chaque année augmentait; mais la majeure partie appartenait de droit à sa filleule, à sa fille adoptive, qu'elle se promettait bien d'aller voir à la première occasion favorable. Elle n'attendit pas long-temps; l'époque où mademoiselle de la Crépinière devait faire sa première communion arriva : sa marraine voulut, dans cette circonstance, se montrer digne d'un titre aussi sacré.

La Providence semblait seconder ses desseins : depuis longtemps elle n'avait pas fait une récolte aussi abondante; et, sans se gêner elle pouvait disposer de cent louis qu'elle avait amassés pour l'exécution de son projet. Instruite du jour solennel par son frère, qui lui écrivait encore de temps à autre, elle part dans sa carriole attelée de deux chevaux vigoureux, conduits par son premier garçon de ferme, et, après cinq jours de route, elle arrive à Paris, descend dans un hôtel garni, et prie la dame qui le tenait de la diriger dans les emplettes qu'elle voulait faire.

En peu de temps elle compose une riche corbeille de satin blanc, contenant le vêtement complet d'une nouvelle communiante. Parvenue à découvrir le nom et la demeure de la couturière de sa filleule, elle avait fait faire à sa taille une robe de tulle brodée,

ornée de la garniture la plus riche, la plus
moderne. A cette robe elle avait joint un voile
analogue, et tout ce qui composait la toilette
d'une jeune demoiselle du plus haut rang.
Elle charge un des garçons de l'hôtel d'em-
prunter une livrée, et d'apporter la corbeille
chez son frère, le soir, à huit heures précises,
sous la promesse de ne point nommer la personne dont il sera l'émissaire.

« M'est avis, se disait en riant Denise Le
Rond, que c'te corbeille-là vaut bien celle qu'
m'avait donnée c' freluquet, quand j' fus marraine, et je n' serais pas fâchée d' li faire la
nique. Surtout gardons not' sang-froid, et
rendons-nous chez mon frère dans ma carriole : i croiront tous qu' j'arrive du Bréhémont, et n' pourront s' douter qu' la corbeille
offerte à ma filleule est un tour de sa marraine. Oh! quel plaisir! quelle fête pour moi d'
les surprendre tous au moment du dîner, d'embrasser Marcel, d' serrer sur mon sein palpi-
tant d' joie c'te jolie p'tite fille qu' la première
j'ons présentée à Dieu sur mes bras!... »

Elle se rend donc vers six heures à l'hôtel
de M. de la Crépinière, entre dans la cour

avec sa carriole, après avoir, non sans peine,
convaincu le concierge qu'elle était la sœur
du maître de la maison. Elle monte au premier, où deux laquais galonnés lui disent que
Monsieur ne reçoit ses fermiers que le matin,
et qu'elle ne peut entrer. Elle se nomme et
brave la consigne, traverse une vaste salle à
manger où sont préparés trente à quarante
couverts, trouve un troisième laquais à la
porte du salon, qui veut de même lui en refu-
ser l'entrée : elle lui rit au nez, tourne le bou-
ton doré de la serrure, et se trouve tout-à-
coup au milieu d'un cercle brillant où, sans se
déconcerter, elle cherche des yeux son frère,
qui s'avance vers elle d'un air surpris et confus : elle l'embrasse avec sa cordialité naturelle, et n'en reçoit qu'un accueil glacial et
mêlé de reproches de ce qu'elle venait ainsi le
surprendre.

« Ma fine, répond Denise avec une franchise
mêlée d'une espèce de fierté, j'avions cru, jusqu'à présent, qu'une sœur était toujours la
bienv'nue. » A ces mots les regards de tous
les assistants s'arrêtent sur elle : les uns la
toisent avec surprise ; les autres semblent lui

accorder le plus vif intérêt; mais la personne
la plus accablée de la subite apparition de la
villageoise, c'est madame de la Crépinière, sa
belle-sœur. Rouge de dépit et de confusion,
forcée de se lever de son canapé pour aller à
la rencontre de Denise Le Rond, son maintien, sa démarche, sa voix altérée et ses yeux
baissés, tout annonçait sa souffrance. Enfin,
reprenant ses sens, elle retrouve la force de
dire à Denise, qui l'embrasse avec familiarité:
« Eh! quelle affaire importante vous conduit
donc à Paris? — Aucune, ma p'tite mère, si c'
n'est l' désir de voir et d'embrasser ma filleule. Ça doit être à présent une belle demoiselle;
où c' quelle est donc, que j' la pressions la
sur mon sein... La voici! reprend madame de
la Crépinière en la lui présentant. Ma fille,
saluez votre marraine! — Me saluer, dites-
vous!... Ah! viens plutôt, viens dans mes
bras, mon enfant!... Jarni, qu'elle est gentil-
le! qu'elle est avenante!... Ah! laisse-moi
t'embrasser encore! je n' pouvons m'en rassa-
sier... ma petite Denise! — Mais je ne m'appelle point Denise, Madame : je me nomme
Paméla, » lui répond la jeune demoiselle toute

suffoquée des embrassements vigoureux de sa marraine, et soudain essuyant avec son mouchoir festonné les baisers qu'elle en a reçus : « Tiens, ça fait déjà sa mijaurée... J' te préviens, mon chou, qu' ça ne prend pas avec moi. Que ta mère t'appelle Paméla, c'est son nom : rien d' plus juste ; mais moi, je n' te nommerai jamais qu' Denise, parc' que l'usage chez nous autres est de porter l' nom d' sa marraine... Pardon, excuse, messieux et mesdames, si j' donnons, en passant, c'te petite leçon à c'te jeunesse ; mais, en fait d' respect pour ses parents, j' sommes sévère : entendez-vous? r'tiens ben ça, ma Denise!... Et ta sœur, où est-elle donc, qu' je l'embrasse à son tour? si toutefois mam'selle veut bien me l' permettre. » Madame de la Crépinière lui présente Léonie, qui s'approche avec confusion, reçoit les deux baisers que lui donne sa tante, à qui rien n'échappe, et qui cherche à dissimuler pas sa gaieté franche la souffrance qu'elle éprouve de l'accueil qu'on lui fait.

On annonce que le dîner est servi. « Bonne nouvelle ! s'écrie Denise Le Rond : j'avons fait dix lieues sans débrider, et je m' sentons un

appétit d village; c'est tout dire. » En ache-
vant ces mots, elle s'accroche au bras de son
frère, qui paraît éprouver la contrariété la plus
forte, et se met à table à sa droite, en lui disant avec intention : « Si tu venais chez moi,
t'aurais la place d'honneur : j' la prends chez
toi; partant quittes. » Marcel ne répond à
cette familiarité que par un silence qui semble
exprimer l embarras mortel où il se trouve;
embarras dont s'amusait en secret la majeure
partie de ses convives, envieux de son élévation; embarras que partageaient surtout madame de la Crépinière et ses deux filles. Paméla n'osait lever les yeux sur sa marraine.
Sa mère, pendant tout le dîner, n'adressa pas
une seule parole à sa belle-sœur : à peine
avait-elle la force de faire les honneurs de la
table, tandis que Denise Le Rond, qui s'aper-
cevait de sa confusion et qui voulait l'en pu-
nir, tenait le dé de la conversation, et faisait
pâmer de rire les plus joyeux convives par ses
récits piquants et naturels. Mais plus elle s'é-
vertuait, plus la belle dame était au supplice :
aussi le dessert fut-il à peine servi, qu'elle
leva le siége, et l'on passa dans le salon d'usage
pour le service du café.

Pendant que se forment différents groupes, Denise Le Rond s'empare de Paméla, et lui dit : « C'est toi, mon enfant, qu'es la cause de mo voyage : j'ons su qu' tu faisais dans deux jours ta première communion ; et j'aurions cru manquer à mon d'voir si j' n'étions pas venue joindre ma prière à celle d' la famille. — Je vous remercie beaucoup, Madame. — Encore Madame !... Appelle-moi Denise, ou plutôt ma marraine : ça ne t'écorcherait pas la bouche, et ça m' f'rait tant de plaisir ! » Paméla ne répondit qu'en rougissant à cet élan du cœur... Enfin huit heures sonnent à la pendule ; et l'on vient annoncer qu'un vieux laquais en livrée est chargé de remettre une corbeille à mademoiselle Paméla. On l'introduit : il dépose sur un guéridon le riche présent qu'avait fait préparer Denise, et se retire à l'instant même, suivant l'ordre qu'il avait reçu. On ouvre la corbeille, où l'on trouve d'abord cet écrit : « A mademoiselle de la Crepinière l'aînée, de la part d'une personne tendrement attachée à sa famille. » — Si j'avais fait mettre Denise Crépin, se dit tout bas la marraine reléguée dans un coin du salon, on

d'vin'rait sans peine qu' c'est moi : voyons c'
que ça va devenir ! »

Paméla s'empresse de tirer de la corbeille
tout ce qu'elle contient; et sa surprise égale
sa joie en examinant les divers objets qu'on
dirait avoir été faits à sa taille. Tout est d'un
goût parfait et d'une fraîcheur admirable.
Mais ce qui flatte sa vanité, c'est un voile
d'Angleterre, qu'on estime avoir coûté cinquante louis pour le moins. En un mot, rien
ne manque à cette riche toilette, dont la jeune
demoiselle se fait une fête de se parer pour
l'auguste çérémonie du surlendemain. Elle
cherche alors dans sa pensée quelle personne
généreuse a pu lui faire un semblable présent.
Ses soupçons se portèrent sur telle ou telle
personne d'un haut rang, dont son père place
les fonds, administre la fortune. M. de la Crépinière est persuadé que c'est l'ambassadrice
d'Espagne, à laquelle il a rendu d'importants
services; madame de la Crépinière croit plutôt que c'est la femme du banquier de la cour
de Berlin, à laquelle elle a fait passer réguliè-
rement tout ce que la mode invente dans
Paris. Chacun exprime ses doutes, son opinion,

chacun s'imagine que la riche corbeille est un
don fait par la main de l'opulence et du rang
le plus élevé, tandis que l'humble marraine,
retirée à l'écart, se disait en riant de ces
diverses conjectures : « S'ils savaient qu' c'est
Denise Le Rond qu'ils reçoivent si froidement
et dont ils paraissent si confus, ça leur prou-
verait que j' les valons ben tous, et qu' i n'
faut que l'or pour s'élever jusqu'à eux. »

Mais le cœur de Denise fut mis à de plus
rudes épreuves. Parmi les diverses conversa-
tions qui s'établissent autour d'elle, et dont
rien ne lui échappe, elle entend quelques
personnes de qualité plaindre M. de la Crépinière d'être forcé de recevoir à sa table cette
femme rustre et sans gêne, qui dit être sa
sœur. « Sœur de lait seulement, répond en
rougissant le gros banquier. Ces gens-là s'i-
maginent qu'ils ont sur nous les droits de la
consanguinité : ce sont de ses fardeaux
assommants qui vous tombent tout-à-coup sur
les bras et qu'il faut supporter... Mais j'espère
dès demain matin me débarrasser de cette
espèce-là. » Denise pâlit en écoutant ces paroles outrageantes, et sentit ses genoux chan-

celer. Dans ce premier moment elle voulut démasquer Marcel Crépin et le traiter comme il le méritait; mais elle craignit de lui nuire dans l'esprit des grands personnages qu'il avait réunis; et pour ne pas céder à la démangeaison qu'elle avait de parler, à l'indignation qui la suffoquait, elle se retire sans qu'on s'en aperçoive, descend aux cuisines, où elle ordonne à son garçon de ferme d'atteler les deux chevaux à sa carriole : bientôt elle y monte, en jetant un dernier regard sur les croisées du grand salon, et regagne l'hôtel où elle était descendue peu de jours auparavant, se promettant bien de ne jamais revoir l'ingrat et l'insensé à qui l'opulence, souvent éphémère, faisait oublier jusqu'au devoir le plus sacré de la nature.

Dès que chacun se fut retiré, M. de la Crépinière chercha sa sœur, et demande dans quel appartement de son hôtel on l'avait conduite. Aucun de ses gens ne peut l'en instruire; enfin il apprend par le concierge qu'elle était partie dans sa carriole, en soupirant, les yeux mouillés, et qu'elle disait à son garçon de ferme : « Dépêche-toi, Jacques, d' m'emmener d'ici : l'air que j'y respirons m' brise le cœur... O Marcel ! Marcel ! peut-on renier son sang ! »

Ces mots, fidèlement rapportés, causèrent au banquier une vive émotion. Il reconnut, mais trop tard, qu'il avait outragé la meilleure des femmes, l'amie de son enfance. Il voulut d'abord faire courir après elle; mais sa vanité lui dit tout bas que ce serait se compromettre et donner à Denise Le Rond une importance dont elle ne manquerait pas d'abuser. Il ne put toutefois trouver de la nuit un seul instant de repos. Denise Le Rond, fuyant son hôtel, était sans cesse présente à sa pensée, et et ces mots rapportés par le concierge : « Marcel ! Marcel ! peut-on renier son sang! » retentissaient péniblement jusqu'au fond de son âme. Cependant il fut distrait de ce trouble passager par ses hautes occupations, et surtout par madame de la Crépinière et ses filles, qui blâmaient tout haut le brusque départ de Denise, dont elles étaient ravies de se trouver débarrassées. Elles soutenaient que rien n'était insupportable comme ces gens de village, qui s'imaginent toujours qu'on les dédaigne. Marcel, toutefois, crut devoir écrire à sa sœur une lettre entièrement de sa main, bien convaincu qu'il obtiendrait aisément l'oubli de tout ce qui s'était passé. Il en reçut la réponse suivante :

« Monsieu l' banquier, car maint'nant je n' pouvons plus t'appeler mon frère... J' nous empressons d' répondre à l'honneur de la vôtre... J' sommes trop franche pour vous cacher qu' tu n'es plus rien pour moi... J'essayerais vain'ment de te r'placer dans un cœur où c' que t'occupais la première place... Tu l'as si cruel'ment déchiré, qu' ton nom passe tout à travers... C' qui m' chagrine l' plus dans tout ça, c'est qu' tu dois souffrir encore plus qu' moi, quoiqu' j'en ayont une bonne dose... Jamais monsieu l' banquier n' m' r'verra dans son hôtel... Je n' li frons plus renier sa propre sœur... Madame d' la Crépinière, qui n'est qu'une Crépin, n' rougira plus d' la tante, d' la marraine de son enfant... Adieu, Marcel!... adieu, monsieu!... j'étouffe... Et sus ça, j' prions Dieu qu'i n' te punisse pas d'avoir méprisé tes parents.

» DENISE LE ROND. »

Cet épanchement d'une âme blessée et fière tout à la fois produisit sur M. de la Crépinière une espèce d'anathème dont il ne put se défendre. Il écrivit à sa sœur plusieurs lettres dont il ne reçut aucune réponse. Cette rupture occupait sa pensée, tourmentait sa raison. Il résolut alors de faire un voyage au Bréhémont et d'aller lui-même obtenir le pardon de ses torts; mais il en fut empêché par un premier revers de fortune que lui firent éprouver les événements politiques. Il voulut réparer cet échec par de hautes spéculations sur la Bourse de Paris : le sort lui fut encore défavorable. Entraîné par la fatalité, il compromit la dot de sa femme, à qui les plus grands sacrifices ne coûtaient rien pour satisfaire son insatiable désir de briller dans le monde. Insensiblement une des caisses les mieux accréditées de Paris fut ruinée de fond en comble. Le banquier perdit la tête. Privé de ses dernières ressources, abandonné par ceux qu'il croyait ses amis, il se livre au désespoir et va se précipiter dans la Seine, laissant sans aucune fortune sa femme, habituée à l'opulence, et deux jeunes filles de quinze à seize ans, élevées dans le faste, dans les illusions d'une grande maison. Tout fut vendu dans l'hôtel somptueux de M. de la Crépinière. Ses nombreux créanciers, trompés et réduits au dixième de leurs capitaux, furent sans pitié et firent déclarer la banqueroute frauduleuse. Sa veuve, aussi vaine que désespérée, en mourut de chagrin. Paméla et Léonie se réfugièrent dans la famille de leur mère. Elles ne tardèrent pas à s'apercevoir qu'elles y devenaient à charge, et leur amour-propre eut beaucoup à souffrir.

Un jour qu'elles se concertaient sur la possibilité de faire cesser leur cruelle position, entre dans leur modique retraite un vieux domestique en livrée, que Paméla reconnut être celui qui lui avait apporté la riche corbeille à l'époque de sa première communion. Le discret émissaire leur apprend qu'il est envoyé par la même personne, instruite de leurs malheurs, leur offrir un asile et tout ce qui pourrait les indemniser des pertes cruelles qu'elles avaient faites. « Eh ! quelle est donc cette personne si généreuse et si prévoyante ? demande Paméla. Je n'ai pu conserver que sa corbeille,

qui ne me quittera de la vie. — C'est à coup
sûr une dame d'un haut rang, ajoute Léonie
avec un respectueux intérêt. Oh ! qu'il me
tarde de la connaître !

— Il m'est défendu de la nommer, répond
le vieux serviteur ; mais, si ces demoiselles
ont assez de confiance en moi pour me suivre
auprès de ma bonne maîtresse, qui les attend,
ma voiture est à leur porte, et je vais avoir
l'honneur de les accompagner. » Les deux orphelines se regardent et lisent mutuellement
dans leurs yeux le désir de connaître l'ano-
nyme, que ses procédés et la richesse du présent contenu dans la corbeille semblent placer
dans la plus haute classe de la société. La
livrée que porte le vieux laquais, sa figure
ouverte et franche, en un mot le besoin de
sortir de l'état humiliant où elles étaient rédui-
tes, ne leur permettent point de balancer.
Elles suivent le fidèle émissaire, montent dans
une voiture de place et descendent à l'un des
hôtels garnis de la rue croix-des-petits-Champs.
Là elles sont introduites dans un appartement
assez spacieux ; le laquais passe dans une
seconde pièce, et, au moment où l'imagina-

tion de Paméla et de Léonie leur fait croire qu'elles vont paraître devant quelque personne de qualité, s'élance au-devant d'elles, en leur tendant les bras, Denise Le Rond, dont la joie est si vive et l'émotion si profonde qu'elle ne peut proférer une parole.

« C'est notre tante ! dit Léonie. — C'est ma marraine ! ajoute Paméla. — Ah ! répète c' nom-là ! répond Denise, i m' console de tout 'c' que j'ai souffert... Oui, c'est ta tante, ta marraine... ou plutôt c'est vot' mère à tout deux qui vous adopte et vous presse sur son sein... Avez-vous donc pu penser qu'instruite d' vot' malheureux sort, j'aurions l'inhumanité d' vous abandonner ? — Ah ! ma tante, vous aviez été si cruellement outragée à notre dernière entrevue... — Et c'est au moment où je rougissais de ma marraine qu'elle me comblait de ses dons !... — C'était dur, j'en conviens, et la langue m' démangeait fort pour vous révéler vot' méprise ; mais c'eût été vous humilier à mon tour, et j' n'en eûmes par l' courage... I' n'y eut qu'un vrai coupable dans tout ça : Dieu l'en a puni cruellement... Que c'la vous serve de l'çon ! N'oubliez pas, mes chères petites, qu' si parmi les branches qui sortiront du même tronc, i' s'en trouve qui s'élèvent au-dessus des autres, el' sont par c'là même plus exposées à l'orage... Mais n' parlons plus de ça. Dès demain j' partons pour le Bréhémont, où je n' pourrai vous offrir tout c' qui vous affriandait dans c' Paris ; mais vous y trouv'rez d' bonnes gens, queuqu'fois du bien à faire, la paix de l'âme, et surtout jamais d'humiliation... C'est à condition c' pendant, ajoute Denise en embrassant Paméla, qu'on n'essuiera plus avec son mouchoir les baisers d' sa marraine : on aurait trop à faire... C'est à condition, continue-t-el' en serrant Léonie sur son cœur, qu'on n' f'ra plus à sa tante Denise Le Rond d' ces petites mines d' dédain qui r'poussent, queuqu'af-fection qu'on puisse avoir.

— Non ! non ! répondent à la fois les deux orphelines, nous serons vos filles soumises, obéissantes ; et, pour vous en convaincre, nous ne voulons nous montrer chez vous que sous des habits villageois. — Du tout, mesdemoiselles, j'entends et j' prétends que vous n' changiez rien à vos vêt'ments, à v...

usages. Si les miens vous ont déplu, les vot'
sont à mon gré : faut qu' chacun reste à sa
place. »

Denise et ses deux nièces partirent en effet
dès le lendemain dans la carriole que condui-
sait le garçon de ferme, et qui les cahotait un
peu. Après plusieurs jours de marche, elles
arrivèrent à l'entrée d'une habitation rurale
où tout annonçait l'abondance et l'amour du
travail Les deux orphelines furent reçues par
les laboureurs et pastoureaux avec les accla-
mations de la joie la plus vive : on eût dit
qu'elles entraient dans leur propre domaine.
Introduites dans une grande pièce, au rez-de-
chaussée, où reluisaient les meubles cirés et
de nombreux couverts d'étain, elles ne pouvaient se lasser d'admirer l'ordre et la pro-
prété qui régnaient de toutes parts.

Après un repas excellent, la marraine leur
dit avec le sourire d'une joie secrète : « Ah
ça ! mes bonnes petites, vous n' pourriez
pas dormir dans c'te partie de mon habitation
qui donne sur les basses-cours; j' vous ai
préparé dans une vieille tour carrée, au-dessus d' ma lait'rie, un p'tit réduit où vous

pourrez vous occuper s'lon vos goûts et vos habitudes. » Elle les conduit, à ces mots, par un fort joli jardin, jonché de fleurs, à un bâtiment séparé, les fait monter au premier étage, ouvre une porte qui mène à une antichambre où se tient une vieille servante chargée du linge de la ferme, et de là, par une seconde porte peinte en acajou, dans une chambre à deux lits, entièrement semblable à celle qu'occupaient les deux sœurs à l'hôtel de leur père.

Denise en avait fait acheter tout le mobilier à la vente qui avait eu lieu; de sorte que Paméla et Léonie retrouvaient tout ce qui était à leur usage : l'une son piano, l'autre sa harpe, leur collection de musique, la pendule et les vases d'albâtre qui ornaient leur cheminée, les coffrets, les cristaux, le métier à broder, en un mot, tout ce qui les avait charmées dans leur enfance et leur causait tant de regrets... Mais ce qui produisit sur les deux jeunes orphelines la plus vive impression, ce fut le portrait de leur père, peint admirablement par un artiste célèbre, et d'une ressemblance frappante. Le riche banquier l'avait fait faire peu de temps avant son désastre. Elles poussent un cri de saisissement, de surprise, et lisent au bas du cadre doré ces mots, qu'avait fait tracer Denise Le Rond, et que l'original semblait adresser à ces deux filles: « Ne méprisez jamais vos parents! » — Jamais! s'écrient Léonie et Paméla en tombant aux pieds de Denise et couvrant de leurs baisers ses bienfaisantes mains; jamais! ô ma bonne tante! ma digne amie! jamais! ô mon excellente marraine! »

FIN.

Limoges. — Imp. E. Ardant et Cⁱᵉ.

www.ingramcontent.com/pod-product-compliance
Lightning Source LLC
Chambersburg PA
CBHW070821260626
47161CB00006B/2363